# Le Chandail de Hockey

BIENVENUE
à
STE. JUSTINE, QUÉ.
pop. 1200

Texte: Roch Carrier

Illustrations: Sheldon Cohen

 Livres Toundra, Montréal

Les hivers de mon enfance étaient des saisons longues, longues. Nous vivions en trois lieux: l'école, l'église et la patinoire; mais la vraie vie était sur la patinoire. Les vrais combats se gagnaient sur la patinoire. La vraie force apparaissait sur la patinoire. Les vrais chefs se manifestaient sur la patinoire.

L'école était une sorte de punition. Les parents ont toujours envie de punir les enfants et l'école était leur façon la plus naturelle de nous punir. De plus, l'école était un endroit tranquille où l'on pouvait préparer les prochaines parties de hockey, dessiner les prochaines stratégies.

Quant à l'église, nous trouvions là le repos de Dieu: on y oubliait l'école et l'on rêvait à la prochaine partie de hockey. À travers nos rêveries, il nous arrivait de réciter une prière: c'était pour demander à Dieu de nous aider à jouer aussi bien que Maurice Richard.

Tous, nous portions le même costume que lui, ce costume rouge, blanc, bleu des Canadiens de Montréal, la meilleure équipe de hockey au monde. Tous, nous peignions nos cheveux à la manière de Maurice Richard. Pour les tenir en place, nous utilisions une sorte de colle, beaucoup de colle. Nous lacions nos patins à la manière de Maurice Richard. Nous mettions le ruban gommé sur nos bâtons à la manière de Maurice Richard. Nous découpions dans les journaux toutes ses photographies. Vraiment nous savions tout à son sujet.

Sur la glace, au coup de sifflet de l'arbitre, les deux équipes s'élançaient sur le disque de caoutchouc. Nous étions cinq Maurice Richard contre cinq autres Maurice Richard à qui nous arrachions le disque; nous étions dix joueurs qui portions, avec le même brûlant enthousiasme, l'uniforme des Canadiens de Montréal. Tous nous arborions au dos le très célèbre numéro 9.

Un jour, mon chandail des Canadiens de Montréal était devenu trop étroit; puis il était déchiré ici et là, troué. Ma mère me dit: «Avec ce vieux chandail, tu vas nous faire passer pour pauvres!»

Elle fit ce qu'elle faisait chaque fois que nous avions besoin de vêtements. Elle commença à feuilleter le catalogue que la compagnie Eaton nous envoyait par la poste chaque année. Ma mère était fière. Elle n'a jamais voulu nous habiller au magasin général; seule pouvait nous convenir la dernière mode du catalogue Eaton. Ma mère n'aimait pas les formules de commande incluses dans le catalogue; elles étaient écrites en anglais et elle n'y comprenait rien. Pour commander mon chandail de hockey, elle fit ce qu'elle faisait d'habitude; elle prit son papier à lettres et elle écrivit de sa douce calligraphie d'institutrice: «Cher Monsieur Eaton, auriez-vous l'amabilité de m'envoyer un chandail de hockey des Canadiens pour mon garçon qui a dix ans et qui est un peu trop grand pour son âge, et que le docteur Robitaille trouve un peu trop maigre? Je vous envoie trois piastres et retournez-moi le reste s'il en reste. J'espère que votre emballage va être mieux fait que la dernière fois.»

Monsieur Eaton répondit rapidement à la lettre de ma mère. Deux semaines plus tard, nous recevions le chandail.

Ce jour-là, j'eus l'une des plus grandes déceptions de ma vie! Je puis dire que j'ai, ce jour-là, connu une très grande tristesse. Au lieu du chandail bleu, blanc, rouge des Canadiens de Montréal, M. Eaton nous avait envoyé un chandail bleu et blanc, avec la feuille d'érable au devant, le chandail des Maple Leafs de Toronto. J'avais toujours porté le chandail bleu, blanc, rouge des Canadiens de Montréal. Tous mes amis portaient le chandail bleu, blanc, rouge. Jamais dans mon village, quelqu'un n'avait porté le chandail de Toronto, jamais on n'y avait vu un chandail des Maple Leafs de Toronto. De plus, l'équipe de Toronto se faisait terrasser régulièrement par les triomphants Canadiens.

Les larmes aux yeux, je trouvai assez de force pour dire:

— J' porterai *jamais* cet uniforme-là.

— Mon garçon, tu vas d'abord l'essayer! Si tu te fais une idée sur les choses avant de les essayer, mon garçon, tu n'iras pas loin dans la vie...

Ma mère m'avait enfoncé sur les épaules le chandail bleu et blanc des Maples Leafs de Toronto et, déjà, j'avais les bras enfilés dans les manches. Elle tira le chandail sur moi et s'appliqua à aplatir tous les plis de cette abominable feuille d'érable sur laquelle, en pleine poitrine, étaient écrits les mots Toronto Maple Leafs.

Je pleurais.

— J' pourrai jamais porter ça.

— Pourquoi? Ce chandail-là te va bien...
Comme un gant...

— Maurice Richard se mettrait jamais ça
sur le dos...

— T'es pas Maurice Richard. Puis, c'est
pas ce qu'on se met sur le dos qui compte,
c'est ce qu'on se met dans la tête...

— Vous me mettrez pas dans la tête de
porter le chandail des Maple Leafs de Toronto.

Ma mère eut un gros soupir désespéré et
elle m'expliqua:

— Si tu gardes pas ce chandail qui te fait
bien, il va falloir que j'écrive à M. Eaton pour
lui expliquer que tu veux pas porter le
chandail de Toronto. M. Eaton, c'est un
Anglais; il va être insulté parce que lui, il aime
les Maple Leafs de Toronto. S'il est insulté,
penses-tu qu'il va nous répondre très vite? Le
printemps va arriver et tu n'auras pas joué
une seule partie parce tu n'auras pas voulu
porter le beau chandail bleu que tu as sur le
dos.

Je fus donc obligé de porter le chandail
des Maple Leafs.

Quand j'arrivai à la patinoire avec ce chandail, tous les Maurice Richard en bleu, blanc, rouge s'approchèrent un à un pour regarder ça. Au coup de sifflet de l'arbitre, je partis prendre mon poste habituel. Le chef d'équipe vint me prévenir que je ferais plutôt partie de la deuxième ligne d'attaque. Quelques minutes plus tard, la deuxième ligne fut appelée; je sautai sur la glace. Le chandail des Maple Leafs pesait sur mes épaules comme une montagne. Le chef d'équipe vint me dire d'attendre; il aurait besoin de moi à la défense, plus tard.

À la troisième période, je n'avais pas encore joué. Un des joueurs de défense reçut un coup de bâton sur le nez, il saignait. Je sautai sur la glace: mon heure était venue!

L'arbitre siffla; il m'infligea une punition. J'avais sauté sur la glace quand il y avait encore cinq joueurs. C'en était trop! C'était injuste!

— C'est de la persécution! C'est à cause de mon chandail bleu!

Je frappai mon bâton sur la glace si fort qu'il se brisa.

Soulagé, je me penchai pour ramasser les débris. Me relevant, je vis le jeune vicaire, en patins, devant moi:

— Mon enfant, ce n'est pas parce que tu as un petit chandail neuf des Maple Leafs de Toronto, au contraire des autres, que tu vas nous faire la loi. Un bon jeune homme ne se met pas en colère. Enlève tes patins et va à l'église demander pardon à Dieu.

Avec mon chandail des Maple Leafs de
Toronto, je me rendis à l'église, je priai Dieu.

Je lui demandai qu'il envoie au plus vite cent
millions de mites qui viendraient dévorer
mon chandail des Maple Leafs de Toronto.

Je voudrais dédier cette histoire à tous les enfants
parce qu'ils sont des champions.

Roch Carrier

L'illustrateur dédie à Donna, sa femme, les dessins de
ce livre.

© 1979, Éditions internationales Alain Stanké Ltée: texte
© 1984, Sheldon Cohen: illustrations

ISBN 0-88776-171-2 relié, 10, 9, 8, 7, 6, 5, 4, 3, 2,
ISBN 0-88776-176-3 broché 10, 9, 8, 7, 6, 5

Publié au Canada par Les Livres Toundra, Montréal, Québec H3G 1R4

Publié aux États-Unis par Tundra Books of Northern New York, Plattsburgh, N.Y. 12901

Le conte de Roch Carrier ·Une abominable feuille d'érable sur la glace· de LES ENFANTS DU BONHOMME DANS LA LUNE © 1979,
Éditions internationales Alain Stanké Ltée.

Imprimé en Belgique